Federico Della Valle

La Reina di Scotia

Personaggi

Ombra del re di Francia
Reina di Scozia
Cameriera
Coro di damigelle
Servo
Consigliero della Reina d'Inghilterra
Conte di Conte di Pembrocia
Conte di Conte di Comberlanda
Maggiorduomo della Reina di Scozia
Arciero
Messo

Prologo

Ombra   Monte è ne l'aria, et il sostengon nembi,
al cui penoso piè s'aggiran spirti;
spirti che stolti e lenti,
errando già fra voi, foglie cadenti,
trassero i falli lor dal giorno a l'anno,
senza sentirne affanno;
alfin con un sospiro
di consigliato senno,
falli e vita finiro;
or piangono l'error e la tardanza.
In disperato duol, ma con speranza.
Di gente tal, di region sì ignota
è questa, ch'or udite e mal vedete,
ombra, o spirto, o fantasma.
Pur, qualunque io sia detto, certo fui
alcun tempo un di voi.
Se non ché mi distinse
regia corona e manto,
gravi a portarsi, ahi quanto!
A me tributo diêr Senna e Garonna
e lungo lido verso il ciel de l'Orse,
con altro opposto, ov'acque morte amare
il Rodano fan mare.
Ma che giovò? Cesser tributi e scettri
a poca terra oscura,
chiamata sepoltura:
orrida stanza, pur tanto ha di degno,
che 'n lei riposan cheti
mendicitate e regno, aspri contrari
ai riposi mortali.
In lei lasciai di me quel che si vide;
l'invisibil portai e meco stassi,
chiaro no, qual pria l'ebbi,
ma tinto in ombra di terrene cure,
fatte or lagrime dure.
Amai donna reina, e fu l'amarla
giusto, perché fu moglie et ossa mie:
ma 'l dolor di lasciarla,
come soverchio fu, così fu colpa.
Di questa e d'altre or sento
più viva la ferita,
quanto, morto il mortale,
ha più viva la vita.
Tal erro e tal mi doglio, e talor miro
dei mondani successi
il variabil giro.
Lasso, e il non veder fora assai meglio,
poscia che miro in loro
d'ogni sciagura il peggio:

veggio la carne e l'ossa,
che, morendo io, lasciai vive fra voi;
lasciai regnanti con corone eccelse,
or prigioniere, or serve; e, quel ch'è 'l sommo
di lagrime e sventura,
condursi al colpo estremo
di ferro feritor infame, avezzo
al sangue solo di malnati rei.
In tanto eccesso, a chi parer dee strano
che voce di pio amante
si faccia udir a lamentarne il danno?
Sorga pur di tomba anco il braccio morto
a vendicarne il torto.
Ma di là appar la sventurata donna:
ahi, ahi dissimil quanto
a quel ch'io la lasciai,
a quel ch'io la sperai!
Rimanesti, o mia carne,
di regia pompa e d'aureo manto adorna;
or ti cinge, mendica,
miserabile gonna.
Rimanesti a regnar, a regnar nata:
or, qual serva, dannata
da venti anni di misero martìre,
verrai tratta a morire.
Deh, chi giunge a veder gli alti consigli,
o chi scerner può 'l fine?
Adorate e tremate, o d'Eva errante
miserissimi figli.

Atto primo

Scena prima

Reina   Se pur è alcun, che nel volubil giro
       de le cose mortali
       cerchi come si caggia o si ruine
       da nubi di fortuna alte e felici
       a dolorosi abissi
       di sorti in felicissime, meschine,
       senta me che ragiono e me rimiri.
       Rimiri me, che già reina adorna
       di due chiare corone e di duo scettri,
       che resser ad un tempo e franchi e scoti,
       figlia di re, moglie di re possente,
       discesa per lungo ordine da regi,
       e di re madre ancora,
       or chiusa in mura anguste, or prigioniera,
       legata a l'altrui forza, a l'altrui voglia,
       priva, non dirò già di maestade
       o d'impero real, ché di ciò 'l nome
       a pena mi rimembra,
       misera, ma priva anco
       di quel che dà natura aere sereno,
       a nodrir quanto ha vita,
       passo le notti e i dì fra i rischi e i danni
       e di morte e di vita.
       Ma, s'è pur ver che con incerta norma
       e con vario costume,
       or doloroso or lieto,
       volve lo stato umano
       possente ascosa mano,
       com'esser può che, dopo 'l lungo corso
       di vent'anni infelici al fin non giunga,
       o non si muti almeno,
       la miseria, o la vita? E pur non posso,
       se ben rincorro le sciagure e i mali,
       a tormentar avezzi
       i miseri mortali,
       non posso ritrovar quel che più manchi
       al colmo del mio affanno,
       al sommo del mio danno.
       Reina prigioniera,
       vedova sconsolata, abbandonata,
        madre d'inutil figlio,
       signora di rubella infida gente,
       donna senza consiglio,
       povera, inferma et in età cadente:
       poss'io più dir? O può formare la vita
       altre nuove sciagure?

O non ha luogo, lassa,
ove le impieghi, se non in me sola?
Sola, e tutto al tormento;
nulla, ahi nulla, al contento.
Deh, come oscuro e crudo
rotasti, o sol, quel dì, che l'empio lido,
empio lido e spergiura infame arena
d'Inghilterra, toccò l'infausto piede,
che me portò con nome di reina
coronata, onorata,
e con destin di serva
rapita, catenata!
Lassa me! dunque nacqui,
nacqui figlia di re, fui poscia erede
d'antichissimo regno,
d'eccelso re fui moglie, e son madre anco
di re, che da me prende
manto e scettro e corona:
a tanto colmo alzar mi volse il Cielo,
perch'io cadendo poi precipitassi
a non esser più donna,
ne anco di me stessa;
e da mano tiranna
ritener questa vita
quasi grazia e mercede
d'un'empia mia nemica.
Ahi ria sorte, ahi sventura,
ahi affanno, ahi dolore,
come non spezzi il core?

<table>
<tr><td>Cameriera</td><td></td></tr>
</table>

Cameriera

Deh, quai memorie dure
a la memoria torni,
per raddoppiare il male!
Il qual, se ben ci affligge e ci tormenta,
par che col non parlarne
assai meno si senta!
Pur poscia che col duol sen va il lamento,
come con nube vento,
alcun non sia ch'accusi,
donna e reina mia, le tue querele;
nè questa serva tua tanto presume,
o tanto ardisce. A me dolermi tocca
col tuo dolor et accordar al suono
dei tuoi sospiri i miei sospiri e 'l pianto.
Ma se talor concede
bontà reale e fedeltade antica
dir quel che sente affezionata voglia,
per scemar in te 'l duolo e'n me l'affanno,
rimembrerò fra le memorie acerbe
le tue dolci speranze e quei secreti,
ch'a me sola confidi e ch'io nascondo,
se far si puote, al mio medesmo seno,
per tornarli a te sola. A' quai pensando,
che debbo io dir, reina amata e cara?

Sorgon nuove cagioni a nuovi lai,
e tu le ascondi e taci? O pur ti duoli
di lunga antica doglia, e dài principio
a più gravi lamenti, allor che 'l male
è per giungere al fin? Che ben al fine
è per giungere il male,
se 'l vero a me dicesti, o se 'l ver dice
quei che ne scrive il re, caro tuo figlio;
il qual promette certa
la guerra al regno inglese, aggiunte insieme
l'armi scote a l'ispane;
e più anco promette:
il suo sangue e la vita,
per sacrificio e prezzo
de la tua libertà, quando la cruda,
che qui ti tien rinchiusa,
non ti renda al tuo regno e a' tuoi scoti
libera e sciolta per accordo o pace;
la qual forse or si tratta od è conchiusa.
Così sperar dobbiam, nè già conviene
stimar ch'aspra tiranna, e poco cara
al popol suo, diviso in parti e' 'n sette,
e che femmina imbelle,
sol fra la pace avezza a tesser frodi,
volontaria riceva anzi la guerra
di duo regni possenti insieme uniti,
che da terra e da mar ponno assalirla,
che liberar colei ch'ella ritiene,
oltra ogni dritto, contra ogni costume
d'umanità, di fé, contra ogni legge,
o barbara o gentil. O se pur chiude
man dura a lei gli orecchi e toglie i sensi
di senno e avvedimento, ond'ostinata
la guerra aspetti, quinci forse ordisce
Provvidenza divina a lei la pena
dovuta a tante colpe, a tanti inganni,
a la perfidia, a' torti, a la rubella
e falsa opinion, al falso culto
d'empia religion, nemica al Cielo.
Et quinci libertà veggio promessa
sicura e certa a te, che ben la merti,
dopo sì lunga prigionia e sì dura.
Giransi i tempi e, raggirando seco
s'aggiran nuove sorti, e quel che sembra
impossibil un dì, ne l'altro fassi.
Continui preghi et umil sofferenza
al Ciel fan violenza.
così dice e promette
santa voce fedel, e tu molt'anni
sofferente, pieghevole e dimessa
sotto'l peso fatal sostieni e preghi.
Manchin l'armi a la terra, e manchi'l dritto
e la pietà qui fra le menti umane;
mancherà forse a le celesti menti

la fede a le promesse?
Segue a questo, che l'aspra tua nemica
offre condizioni, onde tu possa
liberarti, se vuoi. Che se son dure,
e le ricusi tu, vagliano almeno
per speranza di ben fra tanti mali:
di nulla si disperi.
chi aver può cosa, in cui refugio speri.
Oltre chè, t'assicura ella la vita
con le lettere sue, come vedesti
pochi dì son; nè consentir promette
che la real persona tua s'offenda
fuor ché di prigionia. La qual'è ingiusta,
né già si può negar, e acerba, e grave:
ma che? Luogo non resta
nè a forza, nè ad inganno? Resti dunque
a sofferenza, a speme. E se si niega
la libertade al corpo, non si tolga
a l'alma l'aspettarla: il dritto e'l vero
mai non rimaser vinti, et è vittoria
bellissima, che ben ristora i danni
con fregi alti di gloria,
quella che sorge e nasce
dai campi de gli affanni.

Reina   Mia vittoria sarà la sepoltura.
Ivi alzerò il trofeo
de l'altrui crudeltade e del mio danno,
con poca terra oscura.
E tu, ch'or mossa da fedele affetto,
gradito e caro inver ma inutil forse,
argomenti e discorri, e ragion cerchi
dal varïar de le mondane cose,
da le promesse altrui, dai merti miei
e dal dritto e dal ver non vinto mai,
forse altro pensi et altro parli; o pure
non ti sovvien del dì che a me veniro,
or quattro mesi son, Lord e Beelle,
empi ministri di donna empia e cruda,
con superbe parole a tôrmi i segni
e gli arredi reali,
e, s'esser puote, il titol di reina,
pronunziandomi morte, a seder posti
a lato a me, come a privata donna.
Lassa, che disser essi, e io che intesi!
Quai furon le parole e quali i modi,
arroganti, Dio buono, aspri e villani!
Rispos'io sì: conoscer fei l'offesa
e l'ingiustizia d'Isabella iniqua;
ma fu l'udirmi a lor grazia e mercede,
a me pena parlar con gente tale;
et è mortale affanno,
anzi occide ogni speme il rimembrarlo.

Cameriera   Infausto, acerbo dì fu veramente;

e m'adiro e mi doglio e temo e tremo
qualor vi penso. Pur nulla è seguito
in nostro danno poi; anzi men aspra
ci s'è mostra fortuna da quel tempo,
con aprirci alcun calle onde possiamo
avvisar e spiar qualche ombra almeno
de le cose di fuor; e carte amiche
ci pervengon talor, onde consigli
e conforti ricevi, e lume ancora
al tuo deliberar; e quinci avuta
hai la lettera cara,
che ci tornò la vita,
la lettera del figlio, dolce figlio
e caro re, che ti promette l'arme
e la vita in tuo pro', come conviensi
verso reina e madre. Forse volse
fortuna far quel dì l'ultima prova
di tua virtute, e dar l'estremo assalto
de la sua crudeltà: così crescendo
poggia ogni mortal cosa e, giunta al colmo,
si ferma e scema e cade,
cadendo e scemando
giunge a la fine al nulla.

Reina   Io così stimo
che fia di me.

Cameriera   Anzi de la sventura,
che presente ti preme. Volga il Cielo
in meglio i tuoi presagi, e l'alma vinta
da l'affanno sollevi a le speranze,
che son soave cibo
a cor di ben digiuno
e già sazio di male.

Reina   Son nemiche fra loro
la miseria e la speme,
ch'essendo lieta, mal germoglia o nasce
nel terren del dolore.

Cameriera   Ma se virtù l'irriga,
e nasce e cresce e pasce.

Reina   Arida vien virtù, se non ha umore
da celeste rugiada, e per me il Cielo
cessa or, credo, da l'opre e fermo stassi,
forse a mirar quel che farà alfin donna
misera, abbandonata.

Cameriera   Ohimé, che sento?
e tu che dici, o mia reina? Torni,
torni'l tuo saggio cor dove star suole,
dove tu 'l riponesti.
In mano, in grembo a Dio tu 'l riponesti,
ch'è vivissima speme.
or, perché scende o cade
in disperati abissi?

Reina   Riconosco l'errore,
e già ne piange il core;
ma 'l mal, che preme, a la memoria toglie
il ben che può venir e, ne la vita
infelice ch'io passo,
provo che male a male
malamente succede;
tal ch'io non ho di ben, nè di speranza
più memoria, nè fede.
Pur non s'aggiunga anco l'errore al danno,
sollevisi quest'alma, e tu l'aita,
o Re che la creasti,
o Re de la mia vita.
E se per colpa mia cadder le membra
in tenebroso affanno,
s'alzi per tua pietà l'anima almeno
nel tuo dolce sereno.

Cameriera   Ascolti Dio le voci, e loro impetri
grazia e mercé la sua bontade immensa;
né spiri sol di libertà la speme,
ma ci mandi anco il bene.
E perché abbia conforto
anco da cose umane
l'anima sconsolata,
concedi, o mia reina, ch'io ti torni
a la memoria, scorsa in lamentarsi,
quel che qui ti condusse
da le stanze riposte.

Reina   Me'n soviene
e miro se pur veggio
mover di ver la porta de la rocca
il soldato che, sol fra tanti e tanti
che fanno argine e muro a questa inferma
a vietarle la fuga,
fatto pietoso del mio danno indegno,
d'aiutarmi procura.
In su quest'ora ieri
promise ei di venir, né pur appare.
Deh, che qualche accidente non recida
la sua pietosa cura!

Cameriera   Se commandi,
poiché, per tor sospetto, a te non lece,
passerò io più oltre o aspetterollo.
Ma star qui tu sì lungamente parmi
Mal sicuro e dannoso.
Forse v'è chi ci vede e nol veggiamo.
e l'accrescer sospetti a gente ria
può poi ne l'avvenir chiuder la via
a mille aiuti e mille.

Reina   È ragion vera.
ma questo luogo pur mi si concede
per respirar al cielo; e, più o meno

ch'io vi stia, non devrebbe
far sospettar altrui. Pur, se v'è il dubbio,
com'è possibil forse,
assicuriamo l'opra, et io men vado.
Tu qui aspetta, e, se viene,
già sai quel ch'io vorrei saper da lui.

Cameriera Sòllo, et ho anco cura
d'adempier quel che vuoi, come conviensi
a fedel serva umìle.

Reina Anzi pur come
a misera compagna
di sventure e d'affanni.

Cameriera Misera sì, ma misera contenta,
poiché sorte m'elesse,
o mia dolce reina,
ad esserti consorte
ne la tua acerba sorte,
e del giogo fatale,
ch'è troppo indegno e grave
al bel collo reale,
sostengo io quella parte.
che sostener può cuore,
colmo di fedeltà, colmo d'amore:
Né mai placida spiri
aura, né sol risplenda,
ned acqua sorga mai, se non amara,
a chi fra i mali di fortuna acerba,
lascia l'amico petto,
e solo al ben riserba
l'infido indegno affetto;
ma folgore dal Ciel giusto discenda,
o'l terren s'apra, ovunque l'orma imprime
chi legittimo principe abbandona,
cui fedeltade e servitù si deve
anco senza corona.

Scena Seconda

Cameriera Ma voi, figlie, che fate,
che tutte uscite? Resta dunque sola
la reina là entro?

Coro Ella c'impose
il venircen qui fuori a l'aria, al cielo
che sì raro veggiam; e s'è rinchiusa
sola là ne la stanza più riposta,
dove orar suole.

Cameriera Impetrino i suoi prieghi
pace a l'alma affannata. Or qui vi lascio,
e darò un giro sin dove è permesso,
dal capitan custode,
che'l prigioniero piè scorra et arrivi.

fra poco qui ritorno. Voi quest'ora
datavi a respirar spendete, prego,
lodando Dio e pregando; et accompagni
la lingua il vostro affetto: umil affetto
e devoto conviensi a gran sciagura,
ch'al fin si piega il Cielo.

Coro Non fu stanca giammai
nè la lingua né'l cuore
ad opra sì devuta,
in tanto di miserie acerbo orrore.
Immutabile, immota
in luminoso velo
di candida caligine s'asside
l'alta mente, onde pende
quanto stassi e s'aggira.
E de l'eternità l'antico stile
in diamante durissimo la legge
impresse, onde si regge
quel che là su risplende
e quel che qua giù spira.
Ma se priega e sospira,
aggiunta a pura voglia, anima umìle,
la voce il Ciel percuote
e imperiosa scuote
il gran decreto, che si volve e piega
ov'è chi chiama e prega.
Tal legge a sè prescrisse
Potenza alta, infinita,
ch'essendo invitta contra quanto ha vita,
in dar ad un sospir di sè vittoria
si compiace e si gloria.
Odi, o Pietade immensa,
antiche prigioniere,
a cui Tu sola per rifugio resti;
d'infelice reina,
o gran Re, miserere.
E s'a lei scettro desti,
o forte, o giusto, o pio,
libertà non le tolga
imperio, ingiusto e rio,
d'empio voler maligno.
O pietoso, o benigno,
soccorri ai nostri danni,
e di guerra crudel fra tanti affanni
sia la vittoria mia,
il merto a te si dia.
Ma di là vien a lungo passo e lieve
un de' nostri nemici.
Misera me! non venga
autor di nuove cure
a le nostre sciagure.

Atto secondo

Scena unica

Servo	Donne, chi mi conduce ov'io ragioni a la vostra reina? Ove si trova? O forse è qui tra voi?
Coro	Qui non è, ma lontana esser molto non può. La sua fortuna picciol cerchio le ascrive. Tu che chiedi? Che porti frettoloso?
Servo	A lei mi manda il mio signor, ch'è capitan custode di questa prigion vostra e de le genti che vi fan siepe intorno.
Coro	Ufficio acerbo.
Servo	Ma dolce è 'l commandar. Sù tosto, i' debbo parlar a la reina.
Coro	Qui vien la cameriera: a lei ragiona.
Cameriera	Amico, a me puoi dire quel che dir devi a lei, et io ben tosto gliel'andrò a riferir.
Servo	Nulla m'importa parlar teco o seco. Sappia solo che 'l capitan l'avvisa, che venuti son ministri reali, uomini eccelsi, dei maggiori del regno.
Cameriera	E ciò, che importa a la reina mia, se son venuti? Tornino, o stieno come a lor pare.
Servo	Io credo che così possan far.
Cameriera	Così potesse, con altri, chi t'ascolta.
Servo	A varie sorti vario è 'l potere. Ma tu par che sdegnosa mi rimiri et ascolti; e pur apporto cose dolci e care ad udirsi.
Cameriera	L'anima inacerbita dal dolore forma imagini acerbe, o ne la voce o negli atti e nei modi; et il costume vince spesso la voglia. Ciò discolpi il mio parlar che forse amaro sembra, o 'l sembran le maniere;

ma contra te non è già tal la mente.
il fastidio, l'affanno
fronte ritrosa fanno.
Ma che apporti, ti prego?

Servo A la reina
mi manda il capitan.

Cameriera Già ciò detto hai.

Servo E son venuti i conti, i' non so quali;
ma quattro o cinque sono.

Cameriera Segui il resto.
che però dice il capitan?

Servo Ch'ei stima
et ha sentito cose, onde si puote
congietturar che rechin ordin seco
di liberar la tua reina.

Cameriera O voce
soavissima amata,
quanto poco sperata!

Servo E perché speri,
mi manda il capitan a la reina,
con la cara novella.

Cameriera Deh, s'ella fie mai vera,
alta mercè n'aspetti il capitano,
che, con cortese ufficio, anzi pietoso,
affretta a la reina
quel soave conforto.
che nel suo cuor già lungamente è morto
Nè tu sarai senza mercè devuta,
amato apportatore
di novelle amatissime e soavi.
il titolo di servo,
duro e grave a sentirsi,
durissimo a provarsi,
ti fie tolto, te 'l giuro;
E serviranno a te forse migliori
De gli avuti signori.
È liberal la mia reina e grata,
e più 'l sarà quanto in se stessa ha appreso
come sia grave il peso
di sorte sventurata.

Servo Io da buon zelo spinto
ho affrettato a mio potere il passo,
nè tanto m'ha spronato
la servitù devuta al mio signore,
quanto 'l desio di far che la reina
sentisse tal novella; la qual stimo
che cara le sarà.

Cameriera E quanto cara!

Servo Però venir vorrei

io stesso a riferirla, oltra che anco
altro ho da dir, che altrettanto fie
caro ad udirsi.

Coro E perché 'l taci, lassa?
Perché dividi 'l bene
di cui quel che ritieni a te non giova
e 'n me scema le pene?

Servo M'affretta a la reina
l'obligo mio e la voglia
Pur, perché breve spazio
fie lungo assai a dir quel che mi chiedi,
sappi che fra noi tiensi e s'ha per fermo
che 'l vostro re sia armato,
e sì forte che, quando la reina
nostra non sia per far di propria voglia,
quel ch'egli chiede in liberar la madre,
forse 'l farà cacciata da la forza.
Questo fra noi si dice: ma chi 'l dice
sol fra le labra parla. La paura
è maestra al silenzio. Io pure a voi
tacer non l'ho voluto; il compiacervi
so ch'utile mi fie.

Coro Così potessi
quel che poter devrei, come sarebbe
certa la tua credenza.

Cameriera Or io me n'entro
con due care novelle,
fonti di due speranze.
Io me ne vado a lei. Tu puoi seguirmi,
amico, se ti pare, e tu sarai
il nunzio e 'l relator. Io non ti debbo
invidiar il ben ch'aspettar puoi
del caro ufficio tuo, benché bastante
fôra il mio riferir, per conseguirti
la mercé, che n'aspetti.

Coro Ei ben la merta
Or tosto vanne, amico,
segui la cameriera: ella se n'entra.
Entri con ambi voi
ne l'infelice albergo,
anzi nel sen de l'alta mia reina,
quel placido contento
che non v'entrò giammai
dal dì che fu rinchiusa
la sconsolata donna,
ch'è d'ogni nostro ben seggio e colonna.
Movi da l'auree stelle,
chiara, alata, ridente,
o cara lusinghiera,
o miel soave de l'afflitta mente,
e 'l piacer desta, ove 'l dolor si cria,
ne la reina mia:

A te parlo, o speranza,
a te dolce reliquia, utile e cara
reliquia di quell'urna acerba, amara,
onde 'l seme si sparse
(s'antico dir ha fede)
Nei campi de la vita,
Anzi 'l frutto crudel di tutti i mali.
O miseri mortali,
ove ci trasse curiosa voglia
di donna troppo ardita!
Ma tu, dolce, gradita,
medicina soave d'ogni doglia,
scendi con rapide ali,
e 'l cor regio conforta,
ove letizia è morta.

Atto terzo

Scena prima

Servo   Felice me, se giunge ad esser vera
        la portata novella. I' men ritorno
        sì carco di speranze e di promesse,
        che nulla ho da bramar, se non l'effetto
        a quanto il capitano a dir mi diede.
        Oh, com'è liberal, com'è cortese,
        com'è soavemente e grave e saggia
        la reina ch'io lascio, e quanto indegna
        di sì misero stato! Ahi, pur è vero
        ch'ove cresce valor scema ventura,
        e ch'a l'alme migliori
        giran sorti peggiori.

Coro   Mesce le cose il fato
        in invisibil urna,
        e versa poscia il ben sparso di male
        ne lo stato mortale.
        Così, se porge altrui
        doni d'alta presenza o d'intelletto,
        con l'uno e l'altro è mista
        sorte che l'alma attrista.
        Ad altri accorti meno
        con felici successi
        si volge il Ciel sereno.
        Ad un manca l'ardire,
        e soprabonda l'arte;
        altri forte e audace,
        Ha consiglio fallace;
        così, nel vario aspetto
        de la natura torbida e incostante,
        nulla è senza sciagura,
        nulla è senza difetto,
        e felici coloro,
        a' quai con lance eguale
        si parte il bene e 'l male.
        Ma troppo, ahimé, s'avanza
        ne la reina mia
        la parte acerba e ria;
        Troppo, troppo è un affanno
        giunto al ventesim'anno.
        Ma tu, come la lasci?
        Come resta là entro?
        È consolata? E' lieta
        con la novella lieta?

Servo   Entrai, come vedeste; e fosca scala
        solitaria, ahimé quanto! e quanto indegna
        di regio albergo, a le sovrane stanze
        mi trasse, dietro a quella debil vecchia,

che di qui si partì. Quivi, passata
la maggior sala e quinci l'altro albergo,
mi ferma la mia guida e: Qui m'aspetta,
dice, ch'or qui ritorno.
Indi con una chiave,
ch'al lato le pendeva, ha un uscio aperto,
et entrata, il riserra; ma sì tosto
non l'ha potuto far, che colà entro
non mi si sia scoperta la reina,
che ginocchion premea lastrico nudo,
senza coscin, senza tapeto, e gli occhi
fissi alti in una Croce al muro appesa.

Coro

Gli occhi tien a l'insegna
e 'l core al capitano:
e a pugnar per lui l'anima è accinta,
benché debil la mano.

Servo

La vecchia entrata dentro,
sento un alto sospiro e quinci a poco
si riapre quell'uscio, e 'n vista grave
e con occhi tranquilli, ancor ché cinti
di purpureo color e molli ancora
de le lagrime scorse, esce, si ferma
la reina e mi mira. Io, riverente
quanto più so, l'inchino ed ella: Amico,
a che vieni? mi dice o quai novelle
mi manda il capitan? Liete, rispondo
alta reina, e nel mio volto il vedi,
se così basso mira occhio reale:
Quinci tutto le narro: e come i conti
son qui venuti, et a che fin si stimi,
e 'l figlio armato, come ho detto a voi.
Ella grave m'ha udito e senza segno
d'interno movimento. Alfin, veggendo
ch'io più nulla dicea, gli occhi ha rivolti
in verso il Ciel, e: Gloria dice a Dio;
Poi seguane che vuol. Ma tu ritorna,
amico, al capitan, et a mio nome
il saluta cortese e digli ch'io
del suo benigno ufficio
quelle grazie gli do, che dar gli puote
donna di grazie priva.
Pur quanto posso, do con voglia viva
di mostrar anco un dì quanto a sé giovi
chi giova altrui, e più quando s'impiega
l'opra in sangue real, che per se stesso
benignamente è liberale, e dona.
A te, s'io posso mai, sarà mercede
quel che sperar non puoi ne la fortuna
angusta, ove ti trovi. Alto palagio
e larghi campi e selve a tuo diletto
ti fien mio dono. Intanto la promessa
ti sia mercede, e godi la speranza,
se speranza può dar d'opra terrena

chi per sé sol l'ha in Cielo.
Con sì soave voce e sì benigne
maniere espresse ha queste parole,
ch'io, confuso dal suono e da la vista,
poco sapea che dir, poco ho risposto,
e nulla forse ho detto.

Coro   Stupor e riverenza
desta nei petti altrui real presenza.
ma se l'avessi vista
in ricco seggio assisa
fra le pompe lucenti,
allor ché 'l fior de gli anni
tocco non era ancor dai duri affanni,
ahi che vista era allor dolce e superba!
Ahi, che memoria acerba!
Pur il nembo dei mali
intorbidò, ma non oscura in lei
le sembianze reali.

Servo   Del matutin colore,
ne la languida sera,
scopre imagine il fiore.
Or io men vo, ché la dimora mia
a voi non giova e a me nuocer potrebbe.
la servitù richiede
prontezza; al suo signor, chi tardi arriva,
con suo periglio arriva.

Coro   Ma l'amistà non parta,
se ben si parte il piede.
Ritorna a rivederci, e quel che senti,
rapporta a noi che, sconsolate e sole,
sol possiam obliar le cure acerbe
col sentir nuove cose.

Servo   Quel che senza mio rischio in util vostro
potrò adoprar tutto farò... Ma ecco
che sen vien la reina. O donne, a Dio!

Scena seconda

Reina   Spero, lassa? o non spero?
O che creder debb'io de la novella
dolcissima bramata?
dolce e bramata inseme
quanto fra i duri mali
ai miseri mortali
dolce e cara è la speme.
La qual da lunge or si dimostra al core,
et ei voglioso la vagheggia e mira,
ma non sa l'arte il petto
di darle in sé ricetto.
La lunghezza del male
toglie la fede al bene

che frettoloso viene.

Cameriera   Quasi lieve rugiada matutina,
ch'invisibil ci bagna,
vien quel ch'il Ciel destina,
e più volte ne sentiam gli effetti
pria che vederne i segni.
Ma se segno veggiam di bene o male,
esser più certo a noi debbe il successo
quanto è più certo il tuono,
poi che s'è visto il lampo.

Reina   Ma sovente balena,
e taciturno poi
il ciel si rasserena.
Così spesso anco suole
apparirci l'aurora,
e poi non segue il sole.

Coro   È cosa sì comune la speranza,
che non v'è stato umano,
o misero o felice, o vile o altero,
a cui ella si tolga.
Anzi pur soavissima e benigna,
per l'aria nubilosa ovver serena
dei vari avvenimenti
volando a l'alme s'offerisce e porge,
e di se stessa è donatrice larga,
ov'ha chi la riceva.
E se la speme ha luogo
fra le cose ch'han titolo di bene,
di bene anco si priva
chi di speme si priva;
e al danno congiunge anco l'errore,
s'è pur error privarsi
d'un ben ch'a noi vuol darsi
senza fatica o prezzo,
d'un ben, che mai non nuoce
e può sempre giovarci.

Reina   Volar può la speranza,
come tu dici, et offerirsi altrui;
ma nulla è ch'ella s'offerisca e voli,
se non v'è chi la veggia.
Né può vederla il misero, fra i mali;
ché la somma dei mali
l'imagine dei beni anco confonde
e 'nvolve in cieco velo
a l'infelice il Cielo.

Cameriera   A me par, se la speme
è aspettazion del bene,
più si conviene a l'infelice, quanto,
alternandosi il giro
ne lo stato mortale,
il male al ben succede,
e il ben succede al male.

Quinci potrebbe dirsi
che la speme del misero esser debbe
del felice la tema.

Reina

Vuoi tu dunque ch'io speri?

Cameriera

Anzi 'l vuol la ragione:
Né tu potrai negar, o mia reina,
ch'a grand' alma real non si sconvegna
lasciar il cor sì pienamente ai mali,
che 'n sé non abbia loco almeno al bene
che da speranza viene.
Se la novella è vera,
la ragion dice: spera;
se sarà falsa poi,
l'aver sperato invano,
che può nuocer a noi?
Ma non vaglia ragion, vagliano i prieghi
di queste serve tue.
consolaci, ti prego,
con la vista bramata
di fronte consolata.
Tu nostro sol, tu nostra speme sei.
se 'n te la luce e la speranza è sgombra,
noi solamente siamo
disperazione e ombra.

Reina

Speri l'alma al voler de l'altrui voglia,
s'al mio voler non puote. Io spero, o donne;
e vuo' stimar che la girevol ruota,
fissa già lungamente
col chiodo del mio danno,
or dal fondo si mova inver la cima,
se non per trarmi al seggio
de la fortuna prima,
ov'io nacqui, ov'io fui,
almen perch'io trar possa
l'aria, ond'han nodrimento e spirto e vita.
sotto libero cielo.

Coro

Ciò ti conceda il Cielo;
ch'a conseguir il resto
fia duce ed arme il dritto.

Reina

O se fia mai ch'io giunga
a riveder i campi
de la mia patria amata,
del regno, ove già lungo antico rivo
del sangue mio ben glorioso corse
fra scettri e fra corone,
ove 'l cenere giace
di tant'ossa onorate,
ond'ebber carne queste carni stanche,
che dirò? Che farò? Qual sarà il core?
Quai saranno i pensieri?
Vedran questi occhi gli occhi
di tante amate genti a sé rivolti

e la letizia mia
partita in mille fronti, in mille cori.
Onorerò onorata,
più gradirò servita;
perdonerò, tornerò il seggio a molti
de la prima fortuna.
ascolterò, risponderò, donando
or grazie ed or mercedi.
ahi, opre lungamente tralasciate,
come in lieve speranza
or fra dolci et acerbe
a l'alma mi tornate!

Coro   Di colà viene uomo straniero in vista
e 'n autorevol passo.
Forse altre volte l'ho veduto, o pure
m'inganna il debil occhio.
faccia Dio ch'egli venga amica stella,
messaggiera de l'alba, anzi del sole
de la libertà nostra.

Reina   Il riconosco,
e fu già un tempo conoscenza acerba.
non so quel ch'or sarà: quel volto ancora
m'affligge il rivederlo.

Coro   Egli è Beel, il consigliero amico
de la nostra nemica.
Forse per sodisfar passata offesa
di disprezzo e d'orgoglio ha preso il carco
d'esser ministro a cortese opra e cara.

Reina   Anima bassa e vile
mal può farsi gentile.
Tacciam, ch'egli s'appressa. O pur è meglio
ch'io men rientri. Il cor troppo si scuote,
s'addolora, s'adira.

Scena terza

Consigliero   Già quattro lune da l'acute corna
per l'intorto sentier son giunte al cerchio
e 'n varii volti si son colme e sceme
dal tempo ch'io qui venni, onde partimmi
lasciando te grave e sdegnosa troppo
incontra me, contra i decreti giusti
de l'alta mia reina; e si conceda
al natural affetto, che c'inchina
verso noi stessi e spesso toglie il senso
di vera opinion, che tu formassi
parole amare, acerbe ad onta mia
e de la mia reina. Or io ritorno,
torno con alma placida e tranquilla;
così anco ricerco
da te la mente luminosa e sgombra

da le nebbie comuni e dagli affetti,
che soglion oscurar la ragion chiara.
La mia reina, mossa da l'affanno
de le miserie tue, dove t'addusse
colpa di voler troppo, et ostinata
e falsa opinion, onde traevi
teco mill'alme e mille ai ciechi abissi
de le tenebre eterne, a te mi manda.
E prima, com'è dritto e com'è giusto,
chiede e vuole che 'l titolo di erede
del regno d'Inghilterra, che presumi
a te deversi, ti sia tolto e sia
da te negato, rinunziando al dritto,
che 'n ciò pretendi, e quinci che ti spogli
del nome di reina e lasci al figlio
la corona e lo scettro e 'l regio manto;
sì ch'egli senza te regga e governi;
e tu viva soggetta a quelle leggi
che 'l Consiglio imporrà: consiglio eletto
da la reina mia. Poscia vuol anco
che tu confermi le passate cose
in Scozia fatte e già colà introdotte
con nuova religione e nuovo culto
nei misteri divini, promettendo
tu per te, per tuo figlio e per lo regno
ch'osservate saranno illese, intatte.
Anzi, che quanto tocca ai sacri riti,
a le sacre persone, ai sacri uffici,
tanto fia sol, quanto fia voglia e legge
di chi tiene o terrà titolo giusto
di rege d'Inghilterra, conoscendo
solo il seggio real dei regi inglesi
per legitimo seggio, onde proceda
la vera autorità del sacro culto.
e si pronunzii Roma empia e fallace
nei secoli avvenir ai re scozzesi,
ai popoli, a le genti, a Scozia tutta.
Tal ministro vengh'io: questo t'apporto;
e ciò ti manda la reina mia,
reina pietosissima e possente.
Eleggi tu e rispondi. Io messaggiero
sarò del tuo voler a cinque eletti
da la mente real, già qui condotti,
con regia autoritade e regio scettro,
ad essequir quel che fie poscia giusto.

Reina   E chi manda e chi viene e quel che dice
egualmente è crudel; così fie ingiusto
quel che n'ha da seguir. Ma s'è crudele
e chi manda e chi parla, io che l'ascolto
misera son, e misera altrettanto.
quanto più vivo or mi ritorna a l'alma
il gravissimo error commesso allora
ch'io diedi fede a chi la fede nega

anco a Chi la creò. Fui sciocca allora,
or sarò condennata, i' me n'accorgo.
Ma sia che può. Tu ch'a ricever vieni
le mie parole, ascolta e riferisci:
Tôrre a me stessa quel che Dio mi diede
né 'l debbo, né 'l consento. Ei, sua mercede,
nascer mi fe' reina: anco reina
mi riceva morendo: il regio segno
segua l'anima sciolta. S'altri stima
di potermen privar, venga e 'l si tolga.
Lasciar il regno al figlio, opra è devuta
e bramata anco, ma lasciarlo allora
ch'imporrà Dio ch'io lasci regno e vita.
E, s'egli sarà saggio
e forte, eguale agli avi, assai gran cura
avrà la tua reina in ritrovarsi
per sé 'l consiglio, senza darlo a lui.
né così imbelle è Scozia o così stolta,
che non basti a produr regi a se stessa.
Che d'Inghilterra erede i' mi pretenda,
negar no' l voglio: il sangue, onde son donna,
a quel regno mi chiama. Pur, se fia
voler comun del popolo ch'io lasci
il mio dritto, ecco 'l lascio. Egli s'elegga
re di stirpe miglior, se la ritrova
miglior de la Stuarda.
Ma ch'io confermi poi
il culto rinovato
de la religion del regno mio,
o ch'io consenta ch'egli prenda altronde,
fuor che del roman seggio, ordini e riti
nei sacri uffici, è empia la dimanda
e sciocca la speranza d'impetrarla.
E se 'l mio contradir ha da pagarsi
col sangue, eccoti 'l sangue, ecco la gola.
non sì amica son io di questa vita
o del regno, ch'io brami o l'una o l'altro
con l'empietà congiunta. Queste cose
rapporta tu a chi devi. E più soggiungi
a la reina tua, ch'a passo tale,
ch'a udir dimande niquitose et empie,
a viver vita prigioniera e indegna,
m'ha tratto quella fé ch'ella mi diede.
però ch'ella me stimi
sciocca, se la credetti,
ché con ragion lei stimar posso e stimo
e perfida e spergiura.
Questi titoli aggiunga al titol chiaro
di reina et al nome d'Isabella,
e sian in vece di quel ch'ella brama
di reina di Scozia! Or io men vado
con quella libertà, che sol mi lascia
la tua reina, di poter entrare
in questo indegno albergo et uscir poi

a trar l'aria a misura.

Consigliero Vanne, ché qui verrà fra spazio poco
chi la superbia domi e 'l regio fasto
di bassissima donna.

Cameriera A dimanda crudel, risposta acerba
non si dica superba.
Giusto è che chi ricerca
quel che cercar non dee,
trovi quel che non vuole.

Consigliero A la fortuna
sian pari le parole:
altro ha da dir chi serve, altro chi impera!

Coro Serva solo è del giusto anima grande,
e servitute tale
è imperio reale.
Ma tu che vedi l'ingiustizia e 'l torto
(né già negar il puoi, s'hai senso umano)
de la reina tua
Ver la reina mia, conceder déi
che 'l dolor de l'offesa
si sfoghi almen col dimostrarsi offesa.
Consentasi a reina, prigioniera
misera di vent'anni
in durissimi affanni,
poter chiamar crudele
chi del regno la priva,
chi la ritien cattiva.
E taci; o riferisci le parole,
le vere sì, s'a ciò ti sforza l'opra
a cui mandato sei;
ma non ridir l'acerbe.
Deve fedel ministro
giovar quanto più puote al suo signore,
ma non nuocer altrui con quel che vede,
che, scoperto o taciuto,
al suo signor non giova;
e soavi et acerbe
formar si ponno le medesme cose,
come son riferite.

Consigliero Non nuoce o giova ch'io più dica o meno,
né venn'io qui, perché da le parole
de la padrona tua
ordin nuovo si fesse,
o si cangiasse il fatto.
Già è fisso il consiglio; e qual ei sia
ben tosto il sentirà la testa altiera,
che magnanima parla e 'l regio serba
fra le mendicità. Fui mandat'io
sol per udir quel che s'è udito, e quinci
confermar il giudicio e la sentenza
de la reina mia;
e s'altro rispondea la sventurata,

umiliando l'anima superba,
riso era l'umiltade, e s'aggiungeva
a la pena lo scherno.

Coro   Ahi, pensier crudo
e d'anima maligna!

Consigliero   A te si lasci
giudicar con parole il crudo o 'l pio
dei pensier nostri. Noi de l'altrui vita
giudicherem coi fatti.

Coro   Sopra me si disfoghi
l'odio ingiusto e crudele, et il mio sangue
spenga l'ingorda sete
di donna, anzi di furia, coronata
di gemme il capo e l'alma di serpenti.
Se'n va il ministro fiero
di reina più fiera,
e porta ne la mente il rio veneno
(e 'l trarrà per la bocca),
il veneno morta, che già molt'anni
ci va temprando il Cielo.

Atto quarto

Scena prima

Reina
    Udite avete le dimande ingiuste,
    amiche, e la maniera di spiegarle,
    so, con vostro dolor e con pietade
    de la sventura mia, veduta avete.
    Peggio è quel che s'aspetta, s'ancor peggio
    resta fra i mali umani, o s'altro ancora
    può pensar alma cruda in danno altrui.
    E se la morte forse a me si tarda,
    pietà non n'è cagion, ma crudeltade.
    Breve pena è 'l mio danno di vent'anni
    a l'insaziabil voglia
    di chi mi tiene in forza. E certo m'ebbe
    già per nemica un tempo, or m'ha per scherzo.
    Ma scherzo fie d'aspro leon, che tiene
    fra gli artigli cervietta;
    ch'or la constringe al fianco, or la rallenta,
    e la volge e rivolge, or due o tre passi
    sciolta la lascia, e quinci a lei s'avventa
    e ratto la ghermisce; al fin la squarcia
    e di sangue empie le voraci canne.
    Non si fermerà prima
    il vario raggirar di questa ruota
    sul duro campo, ove la mia nemica
    mi fa continua guerra,
    che 'l mio sangue sarà tragico inchiostro
    a dolorose carte,
    e l'altrui crudeltade
    nel danno mio fie celebrata al fine
    con orror e pietade.

Cameriera
    Da l'incostanza del tuo vario stato
    argomentar si deve, in chi t'aggira
    voglia indeterminata e, come febbre
    che varia il corso e 'n furor vario assale
    rare volte è mortale,
    così anco debbiamo,
    ne l'aspra infermità de la tua sorte
    sperar salute.

Reina
    Io la salute spero,
    non già qual tu la speri. Ma che dici
    de l'udite dimande? E che ne stimi?

Cameriera
    Crude son le dimande e sono ingiuste:
    e qual occhio no'l vede?
    Ma chi chiama non toglie,
    e la risposta acerba è medicina
    al dolor di chi ascolta acerbe cose.
    Or, quel ch'io penso e stimo

è che la tua nemica ora si veggia
stretta da qualche rischio, o per tuo figlio,
o per l'ispano re, e perciò tenta
quel che può trar da te, pria che sforzata
ti disciolga e sprigioni.

<table>
<tr><td>Reina</td><td>

Sprigionerammi, credo,
ma a l'alma prima fia
tolta la prigionia.
</td></tr>
<tr><td>Cameriera</td><td>

Misera me, con quai duri presagi
mi tormenti la mente! Il tuo temere
nulla val, se no al danno, o mia reina.
A te si chiede la corona e 'l regno,
che s'impieghi nel figlio; de la vita
si tace. O, se minaccia audace lingua
di ministro crudel, talvolta scorre
l'arroganza servile ove non giunge
il signoril impero; e già conosci
chi venne e chi parlò. Fortuna vile
inalzata è superba et insolente.
Più dirò, mia reina,
e dirò veramente
quel che l'anima sente.
Queste udite novelle,
le quali esser denno
in qualche parte vere, il lungo corso
dei nostri mali, il variar del cielo,
che pur anco per noi debbe girarsi,
queste dimande poi fatte a tal tempo,
al tempo, dico, che sappiam ch'armato
è 'l nostro re e quel di Spagna forse
contro la cruda ria che c'imprigiona,
ai miei languidi spirti, a l'egro sangue
di questo cor vinto da danni et anni,
spiran vigor che mi rinforza l'alma.
E spero, e credo, e imagino soavi
e dilettosi tempi; e già mi fingo
ne la camera tua, reina mia,
chiamar or conti, or duci, et essi uscirne
lieti d'alte speranze e di mercedi.
Quinci anco te parmi veder assisa
in alto seggio, ornato a gemme et oro,
cui faccian genti armate ampia corona,
e da un lato vaghissima la schiera
di damigelle e donne in varia mostra,
per abito ricchissime e per forma;
da l'altro, in grave e maestevol riga,
intenti ai cenni tuoi uomini eccelsi
da la fronte spirar senno e consiglio;
e te benigna ora ricever liete
gratulazioni e offerte da reali
messaggier, quinci e quindi a te condotti
per lunghissime vie da varii lidi,
or ascoltar del popol tuo fedele,
</td></tr>
</table>

di nobili e plebei richieste umili,
e graziosa te conceder parte,
parte negar, seguendo il dritto e 'l giusto
de le dimande lor; ma dolce sempre
concedendo e negando. Oh se questi occhi,
anzi ch'ombra mortal gli acciechi o copra,
giungon mai a veder quel ch'io ne spero,
soavissimi tempi, ore felici.
Felicissima me, serbata ancora,
col grave incarco d'anni egri et infermi,
a servitù sì cara, a sì dolci opre,
a veder benignissima reina,
reina da me amata al par de l'alma,
fatta di prigioniera et infelice
signora e donna fortunata e grande!
Splenda ancor una volta un giorno il sole
al fortunato ben ch'or fingo e formo,
e chiuda morte poi, rapida o lenta,
i languidi occhi in sempiterna notte;
che soave fie l sonno e caro letto
il feretro e l sepolcro.

Coro

Dolci campi di Scozia e piagge care
de la mia patria amata,
col presagio soave e con la speme
d'anima saggia accorta,
cui raro falle antivedenza vera,
anch'io vedervi spero.
Spero veder ancor Cluda e Fortea
trar l'acque a l'oceàn più che mai chiare
e mescer d'oro le minute arene.
Vedrò il sassoso e duro Cheviota
a freddo Borea, quasi ad aura estiva
di tepid'Ostro o Noto,
ornar l'orrida chioma
di sconosciuta palma
e d'insolita oliva.
Torneranno le perle
a le neglette mie squallide chiome,
e variando vesta,
or candido ornerammi,
or verde, or giallo, or perso,
or purpureo colore.
Seguirò vaga la reina mia
ai sacri tempi, ai vaporanti altari
di caro arabo odore.
E vedrò in ampia e frequentata via
chi m'inchini e m'onori.
Mirerò rimirata;
ma fie vario lo sguardo:
cupido in altri forse,
e 'n me semplice fie.
Tesserommi ghirlanda al dolce suono
di voce innammorata,

che cantando m'adombri i suoi desiri,
e a me fien dolce riso
misti fra 'l canto, i languidi sospiri.
Ma ciò sia nulla, e sol mi si conceda
versar acque odorate
da vasi aurei gemmati
a le mani reali.
e 'l cibo trarre a la reina mia,
chiuso in lucido argento,
e di varia vivanda
secar a regia mensa
le parti più soavi;
ella le accetti e prenda,
dolce, grave e ridente,
da mano riverente.

<table>
<tr><td>Reina</td><td>

Deh, quai cose ti fingi e quali agogni!
Tal nel sonno vaneggia
mendico, a cui colma appresenti il sogno
mensa di gemme e d'oro.
Ma concedasi ad alma travagliata
da verissimi affanni
sollevarsi con l'ombre
di dilettosi inganni.
Spera pur, fingi, amica:
s'altro dar non ti posso in tua mercede,
fingerò quel che fingi,
crederò quel che credi;
ma nel vero a venire
solo la gloria sia
del mio Signor, non mia.

</td></tr>
</table>

Coro

Il disusato riso, che s'è aperto
ne la tua cara bocca
or, al formar di tai dolci parole,
quanto soavemente
a me l'anima ha tocca!
E, quasi peregrin che 'n su la sera
miri nembo piovoso diradarsi,
onde si scopre imagine di sole,
promettendosi bella e chiara aurora,
al cammin si rincora;
tal io tra fosche e nubilose cure,
del tuo riso al sereno,
premo men grave la penosa via
de l'aspra prigionia,
discoprendomi il riso
cara imagine e grata
di libertade amata.

Reina

Pasciamci pur d'imaginate larve.

Cameriera

Mira: di là sen torna, a lunghi passi,
il servo ch'a noi venne ha poco d'ora.
che sarà? Che dirà? Liete novelle
già ci ha portato, et or con altre forse

lietissime ritorna. La fortuna
suol raddoppiar gli effetti e rare volte
si ferma nel primiero, o buono o reo.

Scena seconda

Servo   Reina, a te mi manda il capitano,
               per dirti com'or qui saranno i conti
               venuti a trattar teco. Io già li lascio
               usciti de l'albergo, e tardar poco
               potranno a giunger qui.

Reina   Vengan felici,
               me n'entro ad aspettarli.

Servo   Anzi per altro
               mi manda il capitan, a cui par bene
               che tu scendessi ad incontrarli, s'eri
               ne le stanze sovrane.

Reina   Si conceda
               questo anco a la mia sorte, e grazie a Dio,
               cui piace umiliarmi. Io qui li aspetto,
               poiché qui sono, e se richieggon anco
               onori da reina prigioniera,
               riverente ver lor moverò il passo;
               accetti il Signor l'opra. Ma che stimi?
               Che portan seco? Hai nulla udito poscia,
               più di quel che dicesti?

Servo   Nulla invero; ma gravi cose certo
               rivolgon ne la mente. Il tornar spesso
               a ragionar fra loro, e negar questo,
               e quell'altro affermar, come si scorge
               dai cenni e movimenti, indizio chiaro
               son di pensier ch'aggiri dubbie cose,
               e difficili e grandi.

Reina   O, sian pur anco giuste!

Cameriera   Duramente
               si congiunge con l'utile l'onesto:
               e ciò sospesa tien la mente, ch'abbia
               risguardo a l'un e l'altro. Il liberarti
               è giusta cosa, ma non util forse
               al consiglio di donna ambiziosa,
               avida del tuo regno.

Reina   E quai proposte
               mi propongh'io d'udir? A la risposta
               aiutimi il mio Dio.

Coro   Il liberarti
               sia tuo fine, o reina, e la tua lingua,
               quasi arco teso, scocchi le saette
               de le parole tue solo nel segno
               di ritornar al regno.

Reina	Di ritornarvi bramo, perché è giusto.
	Così quel, che potrò dir senza offesa
	del Regno eterno e de la regia stampa
	impressa nel mio sangue,
	tutto dirò, per sodisfar a voi,
	e al giusto, e a me medesima.

Servo	Sento ch'è saggia cosa
	farsi conformi agli accidenti e ai tempi.
	Con vela, or bassa or alta,
	varca il nocchier l'onde sonanti, infide,
	come gli detta il vento.
	Pur ché si giunga in porto,
	ogni arte è buona e dritta. Or ecco i conti;
	quei che vengon davanti e argenteo scettro
	han su le spalle, son ministri loro,
	e segno dan d'autorità reale.

Coro	Tali d'alta fenestra
	di dorato palagio
	vedev'io già venir, con lunga schiera,
	più diletti ministri e più fedeli
	a la reina mia.

| Reina | Con regio fasto, |
| | vengon a donna misera e mendica. |

Cameriera	In ciò dimostran segno
	d'onor e riverenza. A regia donna
	regio culto conviensi, e di reina
	già ti portan l'insegne.

| Reina | Io qui mi fermo |
| | ad aspettarli. |

Cameriera	A mio parer ben fôra
	moversi lentamente
	inverso lor. Può maestà serbarsi,
	et onorare altrui.

| Reina | Moviamci dunque. |

Scena terza

Conte di Conte di Pembrocia Come ci aggiri, o Ciel, come travolvi
queste cose mortali! In quale stato
ti riveggio or, o donna; in qual ti vidi
ha già molt'anni!

Reina E questo essempio sia
a chi vive, a chi regna; e miri quanto
sia sdrucciolo il terreno, ove s'imprime
l'orma del piede umano. E' mobil cerchio
la vita che corriamo, ove ci aggira
mano or placida or dura, or alto or basso.

Conte di Pembrocia Di quel che dici, tal imagin veggio,
che non più vivo può mostrarsi il vivo.

Reina　　　　　　　　Grazie a chi 'l fa, perdono a chi n'ha colpa;
　　　　　　　　　　　et a chi 'l mal supporta.

Conte di Pembrocia　Per te sola
　　　　　　　　　　　parli, poiché tu sola il mal supporti
　　　　　　　　　　　e sola n'hai la colpa.

Reina　　　　　　　　Oh, così sia!
　　　　　　　　　　　non sia di duo l'error, e sia la pena
　　　　　　　　　　　di sol una. Ma 'l fallo si divide,
　　　　　　　　　　　e n'ha parte maggior chi men devia.
　　　　　　　　　　　Errai, confesso, e mille colpe e mille
　　　　　　　　　　　aggravan l'alma, ma chi me condanna,
　　　　　　　　　　　non è innocente forse.

Conte di Pembrocia　È giusta e pia.

Reina　　　　　　　　In me si vede: io testimonio sono,
　　　　　　　　　　　e son giudice e reo.

Conte di Pembrocia　Così mi pesa
　　　　　　　　　　　dirti ch'anco sei tu la condennata.

Reina　　　　　　　　Già di molt'anni 'l son: pur troppo il sento.

Conte di Pembrocia　Dove cresce l'error, cresca la pena.

Reina　　　　　　　　È giusta la sentenza: io la confermo.

Conte di Pembrocia　Fallo ostinato è doppio, e doppio aggrava.

Reina　　　　　　　　E cresce quanto ostinazion s'invecchia.

Conte di Pembrocia　Così in te crebbe, o donna, a cui molt'anni
　　　　　　　　　　　durissimi a portarsi e prigion lunga
　　　　　　　　　　　non han potuto l'indurata mente
　　　　　　　　　　　o smover o piegar: anzi ostinata
　　　　　　　　　　　più neghi, allor ché più conceder dèi.

Reina　　　　　　　　Nulla nego io, che consentir si possa
　　　　　　　　　　　da mente giusta e pia.

Conte di Pembrocia　Ma contradici
　　　　　　　　　　　a dimanda real d'alta reina,
　　　　　　　　　　　cui sconviensi negar, non quel che chiede,
　　　　　　　　　　　ma quel che accenna o pensa.

Reina　　　　　　　　Ove la real voce ha giusto impero
　　　　　　　　　　　questa legge s'osservi e s'ubidisca.
　　　　　　　　　　　Chi nacque re commandi e sol soggiaccia
　　　　　　　　　　　a le leggi et al dritto.

Conte di Pembrocia　Io servo chiamo
　　　　　　　　　　　chi è in altrui poter e di se stesso
　　　　　　　　　　　sol può quel ch'altri vuole.

Reina　　　　　　　　Anzi, chi vuole
　　　　　　　　　　　quel che non deve, è servo. Anima torta
　　　　　　　　　　　è catenata e schiava. E la corona
　　　　　　　　　　　porta re ingiusto in capo: al collo, ai piedi
　　　　　　　　　　　ha catena, ha capestro.

Conte di Pembrocia　E pur ha forza

d'assolvere e punir, com'a lui pare.

Reina Tal ha forza anco masnadiero in selva,
che puote armato tôrre e manto e vita
al maggior re, se disarmato e solo
ne le sue insidie cade.

Conte di Pembrocia Ma non si chiami ingiusto chi 'l consiglio
d'uomini giusti adopra, anzi che scioglia
al giudizio la voce.

Reina Io tal no'l chiamo.

Conte di Pembrocia Non chiamerai dunque la mia reina
ingiusta.

Reina Io nulla dico, ma risponda
per me questa prigione, ove son chiusa.

Conte di Pembrocia E perché non risponda lungamente,
noi ten veniamo a sciôr.

Reina N'è tempo ormai.
E grazie a voi, che qui giusti venite
ministri a sì giust'opra.

Conte di Pembrocia Ecco la fede
di quella autorità, ch'a noi è data,
di poter essequir quanto ti dico.
Questo è regio sigillo e queste note,
le riconosci, son de la reina,
formate di sua mano.

Reina E l'uno e l'altro
riconosco: già molte n'ho veduto.

Conte di Pembrocia Or spiega tutto e leggi.

Coro O cara carta,
che libertà ci apporti! Ma si turba
la reina leggendo e impallidisce.

Reina Disusata allegrezza
Turba, come dolore. Ma tacete,
infin ch'io tutto legga. E' caro e dolce
il principio: e, se tal è 'l mezzo e 'l fine,
libere sarem tosto.

Cameriera O Cielo, o Dio,
grazie di grazia tanta.

*Conte di
Comberlanda* Anzi, perché si tolga a te la noia,
che leggendo aver puoi, senti et ascolta
in brevissime note:
la via di liberarti: è dura via,
ma pur utile e dritta: si discioglia
dal collo quella testa, e l'alma voli
poi dove deve, e 'n libertà sen vada,
ché ciò le si concede.

Reina   Da tal mano
               tal colpo s'aspettava.
               Togli le carte tue; mente infedele
               le scrisse, non più stian in man fedele.

Coro   Ahi, che veggio!

Reina   Ben par che vaga e ingorda
               è de l'umano sangue
               chi te manda e qui scrive,
               poiché non basta a l'avida sua sete
               il sangue pio di tanti e tanti occisi,
               (con qual giustizia, in ciel giudichi Dio.)
               che 'l sangue anco a me chiama,
               a me che sangue sono
               del sangue ond'ella nacque.

Coro   Ahi, dura voce!
               Di che sangue si parla?

Reina   Che fec'io? che diss'io,
               perché s'aprisse il varco
               a tanta crudeltade?

Conte di
Comberlanda Altro conviensi
               or, ch'incolpar altrui o che dolersi.

Reina   Morir conviene, il veggio.
               Ma non si torrà, almeno
               il dir che chi m'occide
               empiamente m'occide.

Coro   Misera, quai parole
               Sento. O reina mia!
               chi morirà? chi occide?

Reina   Io, io sarò l'occisa,
               o figlie. E micidiale
               de la vostra reina
               è la donna crudele,
               di cui son giusta erede.

Cameriera   Occisa te mia donna,
               te mia reina e vita?
               occisa te? Misera me, che dici?

Reina   Questa testa si chiede.
               e dove già mi cinse aureo monile,
               passerà il ferro acuto.
               Tale strada s'insegna
               a la mia libertade.

Coro   Passi per questo cor, per questa gola,
               e dal collo disciolta
               sia la mia testa, dono
               di chi testa dimanda.

Conte di
Comberlanda Vada la pena, onde la colpa venne.

Reina

Da me la colpa venne:
colpa di creder troppo
a chi meno devea.
Ma pur creder devea donna a donna,
e reina a reina,
a la zia la nipote.

Conte di

Comberlanda

Vane son le parole,
ove necessità costringe a l'opra.
L'ora che lamentando
spendi e incolpando altrui,
in ufficio più utile consuma.
Pensa a quel che conviene
per l'altra vita, che di questa breve
poco spazio t'avanza.

Reina

O consiglio pietoso
di consiglier crudele!
Ma sì poc'ora resta
a la misera vita,
ch'anco non abbia tempo a voglia mia
di pianger la mia morte?

Conte di

Comberlanda

Questo sol che tu miri
precipitando già cader nel mare,
sarà l'ultimo sole
che veggian gli occhi tuoi.

Coro

O fiera crudeltade,
o crudeltà di tigre,
cui giungere a ferire
et ferir et uccidere, è un sol punto,
e 'n un punto confonde
con la vita la morte!

Reina

Già lungo spazio veggio
pender su 'l capo mio l'acuta punta
di così ingiusto ferro.
E quasi peregrin, ch'al far de l'alba
si consigli lasciar notturno albergo,
fra le tenebre ancor s'adatta e veste
il duro piede et a l'incurve spalle
impone il picciol fascio, ove ravolte
porta le sue fortune, indi, ripresa
la sua compagna verga, solo attende
che s'apra l'oriente; tale anch'io,
ne la notte acerbissima et indegna
de le sventure mie, solo aspettando
al mio estremo camin l'ora prescritta,
di sofferenza l'anima vestita,
e posto il fascio dei miei gravi errori
sovra gli omeri amici di chi volse
sopra sé tôrlo, con la verga forte
de la speranza nata in mezzo al mare

d'infinita pietade, apparecchiato
ho 'l piede al duro passo che m'ascrivi.
Ma perché orrido è troppo e dubbio 'l varco,
e più falle chi più vi s'assicura,
qualche spazio maggior chiamo al viaggio;
Non s'allunghi la vita, ma s'allunghi
il tempo di pensar come son vissa,
o come ho da morire.
Lieve grazia dimando, e nulla toglie
a chi darla mi può. Piangan questi occhi,
un altro sole ancor, le colpe mie;
e la testa infelice, che mi chiami,
sia poi mercé de la mercè ch'io chiamo.

Conte di

Comberlanda   Lungo spazio s'è dato e lungo rischio
ha corso testa, de la tua più degna.
tolgasi omai del volto la vergogna
de l'alta mia reina,
che donna prigioniera,
e misera e mendica,
ardisca contra lei di tesser frodi
e perigli di vita.

Reina   Ahi, com'è vero
che cor, ingiusto in oltraggiando altrui,
a sé sicurtà toglie. Il proprio fallo,
credimi, fa temer la tua reina;
non arte, o insidia mia.

Conte di

Comberlanda   Ancor ardisci
di gettar biasmi, ove tu devi onori?
Vanne tosto là entro, e vedrai tosto
se 'l fallo è altrui o tuo.

       Coro   Ahi, empia mano,
così sospingi e premi
real persona? E vivi? Soccorriamla,
vendichiamla, sorelle, o moriam seco.

Reina   Amiche mie, il soccorso
e la vendetta sia pregar perdono
a lui ch'ora m'offende
e a me che son offesa.
Quetisi 'l vostro cor; e se 'l mi deste
un tempo ubidiente,
dàtelmi or, vi prego,
placido e sofferente.
Io me ne vo a morir, io vo a finire
l'aspra miseria mia.
Men vo contenta e lieta;
se non quanto vi lascio
vergini abbandonate e in man a cui
no 'l so; né so che fia poscia di voi,
poi che v'avrò lasciate.

Accettivi quel Dio che tutti accetta,
Ei vi sia guida e schermo.
Di ciò umilmente e caldamente il prego
fra le preghiere estreme.

Cameriera   Ove ne vai, reina?
Ove ne vai, mia vita? Ove mi lasci?
Me, che sempre fui teco
nel corso de la vita,
dunque or senza te lasci
nel passo de la morte?
Crescesti in queste braccia; in queste braccia
morrai, s'hai da morire;
né di qui ti trarrà, se non il ferro.
Il ferro, che crudele
s'apparecchia al tuo danno, ohimè, ohimè,
quel ferro me trafigga e me recida
in mille squarci e mille,
pria che da te mi svella.

Reina   Madre, assai lungamente m'hai mostrato
che tu m'ami, e tal fede io n'ebbi sempre;
e m'è stato il tuo amore
caro e utile un tempo:
or m'è caro e dannoso, poiché veggio
ch'ho da darten mercede
di pianto e di dolore.
Perdonami e ricevi
quel che mi dà per darti
miserissima sorte.
Non m'accrescer più male;
non veggian gli occhi miei nei guardi estremi
sì dolorosa vista,
che tu, divelta a forza
dal corpo ch'or abbracci e invano stringi,
caggia a terra, e la chioma
canuta e reverenda si disperga
su'l venerabil volto.
Assai hai fatto, assai
hai amato, hai servito:
lasciami ch'io men vada
ove 'l mio Dio commanda,
e solo aggiungi a questa guancia mia
la cara guancia tua.
Ciò ricevi per segno
ch'io gradisco il volere;
questo sia 'l dono estremo
a te d'una tua amica,
a me d'una sorella.

Cameriera   Ciò ti darò ben tosto,
ma morrò poscia teco, o mia reina:
così vogl'io. Se tu no 'l vuoi, perdona.
Ahi, guancia! Ahi, guancia cara!
Quanto lieta t'amai,
quanto fedel t'ornai,

quanto mesta or ti bacio. Ahi, ahi, ahimé!

Reina

Or mi lascia e mi segui, se seguirmi
ti concede chi forza ha sopra noi.
Seguimi al duro passo,
e con prieghi m'aita.
Nulla più puoi tu darmi
che più mi vaglia o giovi. O cielo, o sole,
non vi vedrò più mai
da prigion infelice.

Cameriera

Seguirò, mia reina.
e che poss'io più far, che più mi piaccia?
Seguiran questi piedi i passi tuoi
sin a la morte, e poi
seguirà l'alma tua l'anima mia,
sciolta da queste carni.

Coro

E noi non seguiremo?
Rimarrem vive noi,
se muor il nostro core?
Se muor la mia reina?
Andiam, moriam con lei.

Conte di

Comberlanda

Ferminsi queste donne. E tu, soldato,
vieta loro l'entrata.

Reina

O figlie, a Dio
a rivederci altrove,
in più libera stanza e più serena:
a rivederci in Cielo.

Coro

Crudel, perché ci togli
poter veder morire,
anzi morir con chi ci tenne in vita,
mentre ci restò vita?

Atto quinto

Scena prima

Maggiorduomo	Signor, io so che là su regni e vivi, e sei dovunque è vita. Questo credo, et è vero, che giusto insieme e pio volvi le cose umane, e premi e pene libri con lance a le nostr'opre eguale. E pur vidi sovente oppresso l'innocente cader, e la sua sorte sì bassa e vil, che, col terren congiunta, pur quasi fango si calpesta e preme. E d'altra parte sorge, e con le nubi mesce l'altiera testa, e vuole, e chiama, e impetra, e dice, e impera, e volge il dritto e 'l torto con man superba e forte, l'ingiusto e l'empio; e come di sua voglia fa de la vita e de la voglia altrui. Che poss'io dir? Se non che i tuoi giudìci e le leggi, con cui l'opre governi, sono altissimi abissi, al cui sacro profondo virtù nostra non giunge, e stolta cade se poggiarvi tenta. Muore Maria di Scozia et Isabella d'Inghilterra l'occide.
Coro	Ohimé, che sento? È morta la mia donna, è morta la mia vita!
Maggiorduomo	Vive ancor, o sorelle, la misera reina di genti miserissime e meschine: vive, ma de la vita solo le resta il fine. Anzi le restan solo i danni e i mali, di che piena è la vita.
Coro	Già molt'anni corr'ella in sì duro viaggio, sotto sì duro incarco. Ma che dicon? Che fanno colà entro?
Maggiorduomo	Che so io? Tutto è male, tutto è lagrime e doglia, tutto è disprezzo e scherno.
Coro	Ahi, empie e crude genti! Ahi, scelerate menti!

Maggiorduomo	Dato le han poco spazio ancor di vita.

Maggiorduomo   Dato le han poco spazio ancor di vita.
et ella, poiché dentro
venne seguita da la cruda schiera
che qui veduto avrete, essendo giunta
alla più interna stanza, rivolgendo
gli occhi placida e umìle a quei che seco
venian a par, ch'autorità maggiore
hanno in quest'opra, ha detto: "Qui finisca
amici, prego, il vostro venir meco,
e lasciate me sola
questo poco di vita che m'è data;
Apparecchiate voi
quel che conviensi per la morte mia,
ch'io farò l'apparecchio
per l'altra vita. Ciò dato mi sia
per grazia, se volete,
o per pietade umana".
"Ciò detto ha l'un di lor dato ti sia;
ma sia breve lo spazio
a l'opera che chiedi". Ella con gli occhi
gravi e tranquilli ha consentito e, dentro
entrata, spinto ha l'uscio per serrarsi;
ma n'è stata sospinta. E quindi queta,
ritiratasi a dentro, il volto tinto
di dolor e pietade,
me, che l'era vicino, ha rimirato.
Avev'io gli occhi pregni
de le lacrime sorte a l'aspra vista,
al misero spettacolo; ma scorse
son allor per le guancie,
con così larga riga, ch'ella, accorta
del mio pianto, serena, ha detto: "Che hai?
Piangi tu la mia vita
o la mia libertade?"

Coro   Ohimé, ché vita tale
E cotal libertade
è mia prigione e morte.

Maggiorduomo   "I' piango" ho detto;
et altro volea dir, ma 'l duol m'ha tronca
la parola e la voce.
"Prega per me, amico",
ha soggiunt'ella allora
"Quest'è ufficio più pio
et è d'util maggiore."
Non ha potuto dir queste parole
senza rossor negli occhi, e la nascente
lacrima s'è scoperta.
Quinci lasciato me, volgendo il guardo
a la Croce, ch'è appesa a capo al letto,
vêr lei s'è mossa con le braccia aperte
et al giunger le ha dato un bacio ardente,
figgendo al piè la bocca, ove gran pezza
s'è ferma; e poi, se stessa abbandonando,

caduta ginocchion, con gli occhi fissi
in lei, alti singulti, alti sospiri
ha dato; e quinci declinando il capo,
sì che quasi a toccar giungea la terra,
a più poter con la man destra il petto
s'è percosso più volte e ripercosso,
sospirando e gemendo.

<table>
<tr><td>Coro</td><td>Plachino l'ira tua questi sospiri,
Signor, e li ricevi
per prezzo di pietade.</td></tr>
</table>

Maggiorduomo   Al fin, volendo
levarsi, grave dal dolor e forse
da quella debiltà, che già contratta
ha lungamente, è ricaduta sopra
la man sinistra, e con lei dato ha in terra;
e 'n cader s'è rivolta. Io ciò veggendo,
son corso ad aiutarla, e me seguito
ha 'l conte di Conte di Pembrocia il qual l'ha presa
sotto l'un de le braccia, io sotto l'altro;
e 'n sollevarla, a noi volgendo il volto,
placidissima ha detto: "Il mal e gli anni
vi dànno or questo peso, peso grave
d'inutil donna. Iddio merto vi dia
di quest'ultimo ufficio in util mio!"
Sorta, bacia la croce e, riverente,
dal chiodo la discioglie, ove pendea,
e strettalasi al petto,
"Amici, andiamo", dice "Ecco la guida,
ecco 'l cibo e 'l ristoro
a quel poco viaggio che mi resta,
a cui son pronta. Ma se puote ancora
misera peccatrice aver mercede
di poc'ore di vita, si conceda
a questa che 'l vi chiede
qualche spazio maggiore; il qual si spenda
in ufficio pietoso. Un re, figliolo
di madre sventurata,
riceva da sua madre, anzi che mora,
se non gli estremi baci
e l'estreme parole,
almen gli avisi del camin estremo.
Spazio chiamo et inchiostro
a scriver poche note,
ch'esser potran da voi vedute e lette,
per mandarle a mio figlio.
Nulla è questo a chi dona,
a chi dimanda è molto." In dubbio han posto
i conti la richiesta. Pur al fine
han permesso che scriva, et io la lascio
or assisa scrivendo.
La lascio a forza, poich'a forza m'hanno
cacciato di là entro.

<table>
<tr><td>Coro</td><td>E dove resta</td></tr>
</table>

43

                   la fida cameriera?

Maggiorduomo   La meschina
                   caduta è di dolore in grave ambascia.
                   Or riman sovra un letto; et a lei sopra
                   piange la vecchia serva.
                   Ma già di là discende la famiglia
                   dei conti; e dietro lor mira i ministri
                   con l'argentate mazze.

Coro   Ahi vista acerba e dura!
                   Tremo, tremo mirando,
                   aspettando che segue. Ohimé, ohimé,
                   Mira la mia reina,
                   mirala in mezzo a duo ministri crudi,
                   con gli occhi fissi al cielo.
                   Ahi, che la Croce ha sovra 'l petto affissa.
                   Vedi or come la bacia.
                   ohimé, chi la consola
                   ne l'orribil sciagura?
                   Mira, misera, come
                   move languida il passo.
                   ahi, ch'a pena la regge
                   il debil piè cadente; ma la fronte
                   nulla scopre di doglia o di paura.
                   Ahi regio cor, ahi alma
                   d'alta virtute ornata!
                   Ohimé, ch'ella mi guarda.
                   deh, qual dolor deve assalirla, lassa,
                   in veder care serve abbandonate,
                   e sé sul passo de la morte, ohimé!

Scena seconda

Mazziero   Traetevi in disparte.
                   lascisi aperto il varco
                   a chi viene, a chi segue.

Coro   Lascia ch'io m'avvicini
                   ad aiutar la mia reina, o almeno
                   a toccarla, a vederla. Ohimiei, ohimiei!
                   Reina, ove ne vai?

Reina   Io me ne vo a la vita,
                   figlie; e anzi ch'io vada,
                   ritorno a rivedervi.
                   questa grazia m'è data in su'l partire.
                   Fortunata se, come
                   vi veggon volentieri questi occhi miei,
                   così vi vedessi anco in altro stato.
                   Questo a me toglie il Cielo;
                   ma a voi non torrà forse il rivedervi,
                   ove pria me vedeste.
                   quest'ultima speranza al cor mi resta.
                   Rimanetevi in pace;

e se 'l mio mal vi duole,
raddolcite il dolore
con la libertà vostra;
con quella libertade,
che voi non eravate
per aver meco mai.
Questa sia la mercé che dar vi debbo
di tanta servitù, di tanti mali
meco passati e corsi.
I fratei vostri, i padri
avran di voi più aventurosa cura,
ch'aver non ha potuto
una vostra reina.
Perdonate, mie figlie,
i disagi sofferti,
le fatiche, gli affanni,
per donna che sì mal può darne il merto.
Altra era la mia voglia e la speranza.
a Dio piace altrimente.

<table>
<tr><td>Coro</td><td>

O Dio, pietoso Dio,
lasciala solo in vita,
e raddoppia in me i mali.

</td></tr>
<tr><td>Reina</td><td>

Volgete pure i preghi
a chiedermi la pace,
sì poco avuta in terra,
e nulla meritata,
dov'io la spero, in Cielo.
E fra i prieghi anco vostra cura sia,
questa è la grazia estrema
(ch'io vi dimando, amiche e figlie care)
che quest'ossa, da voi amate un tempo
e amate, credo, ancora,
abbian con opra pia la sepoltura
da le man vostre; a me fie l'opra cara
anco ne l'ossa estinte.
Traetele con voi,
là dove vi trarrà benigna cura
del Signor nostro e Dio.
La cameriera mia,
ch'io lascio non so come,
sia vostra guida e scorta;
onoratela, prego, et ubidite
ai suoi consigli. Ella è benigna e saggia,
e v'ama quasi madre.
amatela anco voi
e rimirate in lei che con voi resta,
me, già vostra reina,
che v'abbandono e lascio.
Ricordevoli siate
ch'io fui vostra padrona per natura,
ma per affetto madre,
e per sorte compagna
di sventure e d'affanni.

</td></tr>
</table>

Coro Ahimiei, ahimiei!
Per me risponda il pianto,
se non può la parola.
Ohimé, ohimé, ohimé!

Conte di

 Comberlanda Assai s'è detto. Vanne.
Che più qui si ritarda?

Reina Amico, io vado.
ma chi le membra aita,
sì che' l piè infermo vada? I' più non posso.

Maggiorduomo Ahi, reina, ahi padrona!

Reina Dopo sì lungo strazio ancor ti duoli?
Che hai fedel? Che senti?
Porgimi 'l braccio, e sia
questa l'opera estrema
de la tua servitù cara et amata,
ma mal guiderdonata.

Conte di Pembrocia Porgile il braccio, aiuta
la debil tua padrona.

Maggiorduomo Ahi ufficio crudele
di sventurato servo,
sventurato e fedele!
Io dunque, ti conduco, o mia reina,
ti conduco a la morte.

Reina Vieni, caro, vien meco.
Nulla più potrai far che caro sia,
se non questo ch'or fai.
Sempre m'accompagnasti
nel corso de la vita, o buona o ria;
accompagnami or anco
nel passo de la morte,
e movi con il piè la lingua meco,
e pregarmi virtute e sofferenza,
in così orribil varco.

Maggiorduomo Ahi, che 'l petto si serra;
ned altro posso, ohimé, se non dolermi.
Lagrime e pianto, ohimé,
sono, ahi, sono miei prieghi.

Coro Ella sen va, sorelle,
e seco van questi occhi e questo core,
che con gli occhi la segue.
Ancor la veggio, ancora;
ancor la testa miro,
ancor ne veggio il velo.
Ahi, ch'ella mi s'è ascosa
ahi, ahi, sparito è 'l sole!

Cameriera	Dove, dove se'n va la mia reina? Dove l'anima mia, Dove la trae mano spietata et empia? Dietro le vo, la seguo, e vo seco a morire. Ahi, piè debile e infermo, come lenta mi scorgi! Ahi, mio forte dolore, come ratta mi spingi!
Coro	O madre, o cara madre, fedel è l'opra, ma soverchia certo; di quanto avemmo un tempo sol ci resta il dolore.
Cameriera	E ci resta il morire, ch'esser prima devea; ma non fia tardo or anco, se morremo con lei.
Coro	Moriam. Ma chi ci occide, se 'l dolor non ci occide? Ma senti che risuona l'aria di tristi lai. E' fatto, è fatto! Fatto è 'l colpo crudele, l'ho sentito ne l'alma. Non è più, non è più la mia reina; m'ha lasciato, è partita. E qual orrido aspetto di ministro crudele veggio a quella fenestra, che m'accenna ch'io miri!
Carnefice	Viva Isabella, altissima reina, e lungo corso regni. E caggia e pera in questa forma, chi d'oprar presume contra lei, contra i suoi giusti decreti e le sue giuste leggi.
Coro	Ahi, che veggion questi occhi? ahi, che mi mostra il crudo? La testa, ahimé, la testa, la testa amata e cara. Riconoscola, ahimé, se ben tinta di morte, e senza occhi la fronte. Ahi vista tenebrosa! Io caggio, io più non posso sostener il dolore. Ahi, che la cameriera Se'n cade tramortita. danno a danno s'aggiunge, e dolore a dolore, s'altro dolor sentire può 'l disperato core.

Aiutala, soccorri,
o portiamla là entro.
È meglio ch'io m'assida
e 'l capo prenda in grembo.

Scena quarta

Maggiorduomo   Io vivo, lasso, io vivo,
vive la vita mia,
e vedut'ha la morte
de la reina mia.
Crudel io, crudo il Cielo.
Crudel io, se pietà non ha potuto
in così acerbo caso
spezzar, romper il core.
Crudo il Ciel che tant'anni m'ha serbato
a sì grave dolore.

Coro   Ohimiei, ohimiei, ohimiei!
Meschina me, se miri
questi occhi e questa fronte,
testimonio vedrai, che ben sentiamo
il dolor che tu senti.

Maggiorduomo   Ma tanto meno senti,
quanto hai veduto meno.
Ahi, che non visto male
è sol metà di male.

Coro   Dolor sent'io quanto sentir può un core;
ma se stimi che cresca
veduto mal, dipingimi parlando
l'orribile accidente.
Son le parole imagin de le cose;
e ne l'imagin forse
sentirò quel che tu nel ver sentisti.

Cameriera   Ohimé, misera e trista!
I' ti riveggio, o cielo,
ti riveggio nemico
d'ogni mia voglia.

Coro   Madre!
Torna, madre, in te stessa;
prendi cor, prendi spirto.

Cameriera   E l'uno e l'altro
m'ha tolto l'altrui morte.
Deh lasciami morire.
A chi porgi tu aita?
A chi non è più nulla.

Coro   Anzi sei nostra guida,
sei nostra madre e donna,
e sei nostra reina.

Maggiorduomo   Solleva, o donna antica,

le membra abbandonate.
Sollevati et ascolta.

Cameriera   Deh, che mi puoi tu dire,
se non ch'ho ragion, lassa,
ho ragion di morire?

Maggiorduomo   Altre cose t'apporto
da chi solea già commandarti viva:
or morendo ha pregato.

Cameriera   Ahi, cara pregatrice,
dove sei? dove andasti?
Ma che, lassa, che preghi?
Ch'io ti segua, ch'io venga
per le tue orme amate?
Verrò, verrò, reina;
verrò, anima cara.

Maggiorduomo   Appoggiata al mio braccio,
come partir di qui vista l'avete,
con la sinistra man, anzi con tutte
le membra che da sé si reggean male,
salito ha lunga scala; e in salendo,
con bassa voce, ma con alto affetto
espresso nei sospiri,
pregava et invocava il Padre e 'l Figlio,
lor rimembrando la pietà infinita,
la bontà eterna, il sangue e l'aspra morte
e i merti de la Madre,
che fu Vergine sempre. Indi salita
a la sala crudel, veduto ha incontro
orribile apparecchio. Alto s'ergeva
per non so quanti gradi, intorno cinto
e coperto di panni oscuri e neri,
un catafalco, e 'n mezzo a duo gran faci
pendea da sottil corda, in fra duo legni
ampio ferro lucente. Èssi fermata
alquanto a rimirar; indi, rivolta
a me, che non avea spirto né sangue
e la reggea tremante: "Eccoti" ha detto
"la real pompa e 'l seggio di reina
di duo gran regni a un tempo. Così piace,
amico, a Chi creommi, e così sia.
Andiamcene a sedervi. Tu rinforza
nel tuo dolor con la mia voglia, e l'alma
coi preghi aita e con le braccia il peso
di queste membra languide e cadenti."
Così dicendo, andava, e giunta al piede
del crudo tribunal, non potend'io
più sostenerla: "Qui ti ferma" ha detto
"s'anco tu m'abbandoni,
se ti spiace seguire
i pochi passi ancora
d'una reina tua.
Fratello, io qui ti lascio;

né mi pesa lasciarti
per me che vo a lasciar ora la vita;
per te mi pesa e per molti altri, a cui
bramava altra mercé, che doglie e danni,
ch'io veggio apparecchiarsi. Quelle figlie,
la cameriera mia, mi stanno al core.
Tu gli estremi saluti
porta loro in mio nome;
di' lor ch'io vo a morire,
bramosa di vederle,
bramosa d'abbracciarle.
Et a la cameriera,
che per quanto m'amò, per quanto cara
ebbe la sua reina,
ebbe la sua Maria,
giamai non abbandoni
le figlie abbandonate
da me, cui più toccava
il non abbandonarle.
Ella sia lor consiglio,
lor conforto e sostegno,
se restan prigioniere;
e sia lor guida, andando,
di ciò la prego con gli spirti estremi.
Ricordevoli siate
di me nei vostri prieghi."
Ciò dicendo, affannata
di sen s'è tratta questa lettra. "Questa"
ha detto "darai tu, se mai là giungi,
al mio figlio, al mio sangue, molto amato
e ben poco goduto. Ad altro tempo
la potrai legger poi; leggala teco
la cameriera e sia veduta ancora
da le mie damigelle. Restin esse
soddisfatte di me, con l'opra ch'io
potuto ho far per loro."

Cameriera	Veggiamla, ahimé, veggiamla;

Veggiamla, ahimé, veggiamla;
sentiamo ragionar dopo la morte
chi così dolce ci parlava in vita.
Ahi cara carta, ahi care
forme di cara mano,
come vi conosch'io, come vi veggio,
lacrimosa e bramosa di vedere
la man che vi dipinse!
Leggi tu, ch'io non posso,
sì debil è la vista.

Maggiorduomo   Né a me resta lume,
tanto s'empion di lagrime questi occhi,
con la memoria amara.
Ma pur leggerò il meglio:
"Tua madre more, o figlio,
e morendo ti scrive:
sian queste note invece di parole

e vaglia questa carta per la mano
che ti darei sì volentier morendo.
Com'io mora il saprai, e chi m'occida.
Da me sol sappi questo,
ch'io moro consolata, poiché veggio
esser questa la voglia
di Chi mi diè la vita.
Restami sì la doglia
di non poter vederti e di lasciarti
giovane troppo d'anni e 'n regno infido;
ma tu rinforza l'alma e ti rimembri
il sangue onde nascesti.
I preghi e l'umiltade innanzi a Dio
ti varran per consiglio e saran forza
a le tue forze inferme.
Perdona a chi m'offende: ciò ti chieggio
per le viscere mie, per quella mamma,
che ti porsi primiera;
vendetta io non la chiamo,
né la chiede quel sangue ch'ora spargo
innocente a la terra,
ma peccatrice troppo inanzi al Cielo.
La famigliuola mia, che meco dura
in sì lunghe miserie e 'n tanti affanni,
s'a te mai torna, tu l'accogli e sia
loro albergo il tuo albergo, e ti sovenga
che fida servitù chiama mercede
e 'l travaglio riposo. Lungamente
visser di ben digiuni, anzi di cibo:
la tua mano or adempia e l'uno e l'altro,
e adempia realmente. Le mie figlie,
ché tali son queste che restan meco
nobili damigelle, a te commetto,
come mie carni e sangue. Tu provvedi
a la verginitade, ai gradi, ai merti,
a la nobiltà loro: abbian mariti
i primi del tuo regno; e prendi cura
di lor, qual di sorelle e come uscite
da me, che son tua madre."

Coro	Ahi, dolce cura di reina dolcissima e amata, come inacerbi in me, lassa, l'affanno, con mostrarmi materno e caro affetto di padrona perduta!
Maggiorduomo	"La cameriera mia, cui sol rimane imagine di vita, ti raccomando, o figlio, anzi ti lascio invece di me stessa. Tu l'onora, e possa nel tuo cuor quel ch'io potrei, pregando e supplicando; questo basti, per mostrar quel ch'io bramo: tu dichiara con gli effetti ch'intendi più assai di quel ch'io dico. Scriverei

vie più, se più potessi,
per ragionar più lungamente teco,
o mia sembianza cara;
ma mi toglie la penna
chi mi chiama la vita.
Di scriver lascio e me ne vo a morire;
tu vivi e regna, o figlio,
vivi e regna felice, e per me prega.
T'abbraccia questo core
con questo poco spirto che gli resta;
e questa man ti benedice e chiede
che non lasci insepolte,
o sepolte non lasci in terra altrui,
quest'ossa onde sei parte: a te ritorni
tua madre estinta, se non può vivendo.
Questo sia 'l prego estremo, il qual se'n viene
col bacio estremo a quella fronte cara
ov'io amava me stessa."

<table>
<tr><td>Cameriera</td><td>

Ahi lettera, ahi parole,
ahi dolore, ahi dolore!
Io vivo, dunque, vivo?
e morì, morì, lassa,
chi tanto per me volse,
chi m'amò tanto, ahimé!
Ma dimmi, che più fece?
Che più parlò? Che disse?
Seppe da la tua bocca
questa vecchia quant'ella fe' vivendo:
sappia da la tua lingua
quel ch'ella fe' morendo.
Nulla, nulla si taccia
dei movimenti estremi
di quella vita cara.

</td></tr>
<tr><td>Maggiorduomo</td><td>

Dirò quanto potrò, per compiacerti
in voglia così amara.
Ma già 'l dolor mi vince rimembrando.
or che sarà parlando?
La lettera ho pres'io
lagrimoso e tremante, et ella ha fatto
forza sopra il mio braccio, per salire
il primo grado de l'orribil scena;
dove a pena ha potuto alzar il piede.
Così l'han presa duo più a me vicini,
et appoggiata a lor, senz'altro dire,
è giunta al sommo, con piè grave e infermo,
ma con fronte alta e lieta. Ivi condotta,
lascia i ministri aiutatori e volge
in dolce e maestevole maniera
il real volto a' molti, ond'era colma
la scelerata stanza, e di bisbiglio
l'empiean, qual di sospiri e qual di riso,
qual di parole dolorose e triste.
Rivolta e ferma alquanto, alza la destra;

</td></tr>
</table>

di voler dir accenna. Tosto sorge
silenzio orrido e mesto, e vuota sembra
la sala. Ella, traendo dal profondo
del sen gli spirti, con soave voce
incomincia quel ch'io ridir non posso,
né 'l cor basta a dar moto a questa lingua.

Coro   Deh ragiona, ti prego.
Fatta è l'alma di gielo
per le sentite cose;
forse diverrà marmo
per quelle che dirai.

Maggiorduomo Ahi, ch'io non ho più vita,
se non quanto mi basta
a la memoria acerba
de le vedute cose,
de l'udite parole;
che pur troppo mi stan fisse ne l'alma,
per trafiggerla ognora.

Coro   Parla, e passami il core
col ferro che te fiere.
Se tu muori, non viva
questa conserva tua, questa compagna
di lagrime e di danno.

Maggiorduomo "Credo", ha detto la cara mia reina,
"credo" ha detto "che qui, fra tanti e tanti,
uniti a rimirar la morte mia,
alcun v'avrà, che con pietà risguardi
la tragedia crudel de la mia vita
e lo stato terribile et indegno,
ov'io sono condotta, ov'è condotta
una donna innocente, una reina
e di Scozia e di Francia, e giusta erede
d'Inghilterra, ov'io moro. A ciò m'han tratta
la poca fede altrui e la mia molta
credulità; se credula può dirsi
donna che crede a donna,
la qual prega e scongiura;
e reina a reina,
la qual promette e giura;
e nepote, che crede ad una zia
non offesa giammai, ma sempre amata
et onorata sempre. E veramente
non ha la fé luogo sicuro in terra,
poich'a me manca quella fé in quel petto
ch'a me sì ferma la promise. Pure,
il ridirlo che giova? O pur che giova
il dolersi nel punto ov'io mi trovo,
in cui convien morir? Iddio pietoso
a chi offende perdoni et a l'offesa,
la qual son io; ma quanto giustamente,
le colpe udite e giudicatel voi.
Mi fa dar morte la reina vostra,

perch'io, dice, ho tentato et arti e modi
di privarla di vita e perch'io poi
ho fatto ogni opra per uscir di dove
ella chiusa mi tiene. Per quel passo
orribile et estremo ove mi veggio,
che tra poco ha da trarmi a udir il giusto
Giudice de la vita e de la morte
per aver gloria eterna o eterna pena,
vi dico, amici, che la prima colpa
è finta e falsa. Io nulla mai pensai
de la sua morte, né giammai la volsi.
L'altra colpa confesso: s'è pur colpa
ch'una reina libera signora,
a cui giudice alcun non diede Iddio,
se non se stesso, fatta prigioniera
da chi men deve, di fuggir procura
miserabil prigione e dura quanto
non potete stimar. Se questa è colpa,
io moro giustamente condennata.
Ma giusta o ingiusta la mia morte sia,
che giusta non è inver, io soddisfatta
moro e contenta; poiché so che vera
cagion de la mia morte è l'esser io
fedele al mio Signor. La fé promessa
ne l'acque sacre, ove ogni macchia lava
Grazia celeste, pura e intiera serbo;
e somma autorità confesso in terra
il Santo seggio, onde 'l roman Pastore
e scioglie e lega, et apre e chiude il Cielo.
In questa fede vissi, in questa moro.
ciò protesto e confermo; e 'l sangue mio
bramo e m'è car che testimon ne sia:
Così moro ben lieta. Voi, s'alcuno
v'è pur fra voi, ch'abbia il medesmo senso,
prego preghi per me, e 'n ogni luogo
in ogni tempo testimonio renda
che Maria Stuarda muor reina,
ubidiente a quel ch'impera e insegna
Roma sacrata e il Signor suo santo.
Ed eccomi a morire".

<table>
<tr><td>Coro</td><td>

Accetti Dio 'l tuo sangue,
o martire reina
a sua gloria et a tua:
La qual, poich'è sicura,
teco allegrarmi, teco, ahimé devrei.
ma troppo, troppo è 'l danno
di restar io qui senza te, mia duce,
mio sostegno e conforto.

</td></tr>
<tr><td>Maggiorduomo</td><td>

Prende vigor quest'alma
in pensar ch'ella siede ora beata
fra le genti beate.
Giunta al fine di queste sue parole,
s'è rivolta al supplicio,

</td></tr>
</table>

e, rimirando il ferro,
fermata alquanto, è parsa inorridirsi;
e fra l'orror gli occhi ha rivolti al cielo,
sì fissi che parea che 'n ciel volesse
figger anco se stessa. Alto sospiro
è stato il fin del breve rapimento,
e s'è mossa qual uom che 'l sonno lassi;
e, serratasi al petto
la croce, che pur sempre ha ritenuto
ne la man destra, con la manca mano
ha cominciato a sciôrsi intorno al collo
la vesta e, sciolta a ripiegarla indietro;
Né potendolo far agevolmente
da se medesma, il manigoldo fiero
stesa ha la man per aiutarla; et ella:
"Amico, ha detto, questo a te non tocca.
Mano men lorda il faccia".

Coro   O regio sangue,
come ritieni in su'l morir gli spirti
nobili, eccelsi!

Maggiorduomo   Era su'l fero palco,
in disparte una donna,
moglie, cred'io, d'alcun dei guardiani;
a lei s'è volta, e con benigno modo
e con la bocca tinta anco di riso,
"Sorella, ha detto, prendi tu la noia
d'aiutarmi a morir; ripiega, prego,
la vesta e 'l velo che la gola cinge,
e dàlla nuda al ferro". Lacrimosa
s'è la femina mossa e riverente
ha nudato il bel collo.

Cameriera   Ahi collo, ahi gola,
quante volte t'ornâr queste mie mani
di bianchissime perle, e quante vidi
il lor candor vinto dal tuo candore!
Or t'ha tronco aspro ferro, e tetro sangue
t'è orrido monile.

Maggiorduomo   Indi con sol duo passi s'è accostata
a la terribil falce, che 'n mirarla
spirava orror, sì ampia e sì radente;
e ginocchion s'è posta. La pietosa
donna, traendo da la vesta un panno
bianco, sottil, l'ha ripiegato in giro
e, tremante e piangente, sopra gli occhi
gliel'ha annodato; e, mentre il nodo stringe,
la mia reina dice: "Grazie a Dio,
ch'io trovo in Inghilterra chi m'aiti,
e chi m'abbia pietà. Ma tu, sorella,
se t'è cara mercede, o segno almeno
d'animo grato in infelice donna,
abbracciami ti prego: ecco t'abbraccio,
per segno che m'è cara l'opra tua;

e lasciami morir". Così le ha cinto
il collo caramente e l'ha baciata.
Quinci, alzata la fronte inverso il cielo,
s'è ferma alquanto et umilmente poscia
abbracciata la Croce, il collo ha steso
sotto l'orrida falce.

Coro   Ahi, che si parte
il cor imaginando!

Maggiorduomo Il fier ministro,
in rimirarla tale, ha tronco tosto
la corda, onde pendeva il mortal ferro;
il qual precipitando s'è sommerso
ne le candide carni, in quel bel collo.
Così, stese le membra da una parte
e da l'altra la testa, ella è rimasta
cadavero tremante, onde si sgorga
per grosse canne il sangue; e s'è veduta
la dolcissima bocca,
con trar gli spirti estremi,
riaprirsi e serrarsi, graziosa
anco nei moti de la morte orrenda.

Cameriera   Ahi cielo; a qual dolor, lassa, mi serbi,
se questo non m'occide?

Coro   Moristi, ahimé, moristi,
o bellissima donna,
o dolcissima e cara,
o reina, o padrona.
Noi che farem? Dove n'andrem? Che fie
di questa amara vita che ci avanza?
Piangiam, sorelle, ohimé,
ché giustissimo è 'l pianto
di chi tante sventure insieme accoglie
sovra debili spalle.
Piango la morte altrui,
piango la vita mia,
piango l'aspra ruina
de la mia patria amata!
Ma, ahi, che veggio, ohimiei? Ecco l'insegna
de la nostra sventura,
de la nostra ruina.
Mira là, da quattr'uomini portata
lunga tavola oscura,
coperta a panni oscuri. Ohimé, che questo,
è questo 'l corpo amato
de la reina mia.
Dolor giunge a dolore
e mal sottentra a male.
Ma caro è 'l mal, s'accresce il mal ch'io sento
sino a l'ultimo male.
Veggian questi occhi il sangue,
se l'alma ha già sentito la ferita,
e gli occhi e l'alma insieme

abbian le doglie estreme.

Scena quinta

Messo Qui torna a voi, o donne, quel che puote
a voi tornar de la padrona vostra:
colà la ritorniam onde partissi
per non tornar più mai.
Voi le lagrime vostre
le date e componete il corpo essangue,
perch'abbia sepoltura.

Coro È l'ufficio aspro, amaro,
ma pur devuto e caro.
deponi qui, deponi
quell'onorato incarco. Dove vai?
Ferma, dove passi ministro? non ci allungar la fiera vista
de l'altrui crudeltade
e del nostro dolore.

Cameriera Non più, non più sia peso
di spalle così indegne e sì crudeli
così onorato incarco.
ferma, lascia qui a noi quel che ci lascia
d'ogni ben nostro il Cielo.

Messo Deponete, ministri, il freddo corpo,
e lasciaten la cura
a chi ha d'averne cura.

Cameriera A me la cura tocca
di queste membra care;
io vive le trattai, vive le ornai;
or piangerolle, or serberolle morte.

Coro Tolgasi il panno oscuro,
e sorga agli occhi lagrimosi e tristi
vista molto più oscura.
ohimiei, ohimiei, ohimiei!

Cameriera Così dunque ti veggio e così torni
a me, o mia reina?
Maledetta la man, che mi ti rende
in sì misera forma.
Crudel chi mi ti tolse,
crudel tu, vita mia, che mi lasciasti,
crudel io, che non seguo
il tuo passo, padrona,
il tuo fine, mia donna.
Io, dunque, resto! Io dunque
vecchia, languida, inferma,
putida, vizza e già noiosa a gli anni,
resto inutile peso de la terra;
e tu saggia, tu bella,
tu sospirata e cara
partisti, ohimé, partisti,

o già gloria di Francia,
o speranza di Scozia!

Coro
O mio sostegno, o vita
di mille genti e mille, ohimei, ohimei!

Cameriera
Avrai tu sepoltura
da questa man, ch'esser devea sepolta,
esser polve devea
inanzi te molt'anni,
crudel, chi mi riserba
a ufficio sì pietoso,
pietoso quanto odioso.
Ti parlo, ohimé, t'abbraccio,
o mia reina cara,
e tu nulla rispondi,
tu nulla dici, ohimé!
Dove, dov'è la voce
che solea consolarmi?
Ov'è l'occhio, ov'è il guardo
ov'io solea allegrarmi?
Nulla, nulla più sento,
se non, lassa, il tormento,
nulla, nulla più miro,
se non reliquia lagrimosa, amara,
da farmi morir sempre.

Coro
Ahi, miserabil tronco,
miserabil avanzo
di misera padrona,
come, come in te veggio
d'ogni gran male il peggio!
Prendiam, triste, prendiamo
sovra le spalle oppresse
da terribil ruina
il peso amato d'una gran reina;
portiamo membra morte
noi che vive restiamo
proprie ministre a morte,
solo a trattar orrori,
solo a portar dolori,
mostri infelici d'infelice sorte.